Christian von Aster   Sabine Klotzsche

IGLIG

Eine Geschichte mit Stacheln

Edition
Roter Drache

1. Auflage März 2019

Edtion Roter Drache, Holger Kliemannel, Haufeld 1, 07407 Remda-Teichel
edition@roterdrache.org; www.roterdrache.org

Buch- und Umschlagdesign: Christian von Aster
Buchgestaltung: Holger Kliemannel
Korrektorat: Holger Kliemannel
Illustrationen: Sabine Klotzsche
Gesamtherstellung: Jelgavas tipogrāfia

ISBN 978-3-946425-66-3

Als Ignaz zur Welt kam, tat er das als Igel.

Vor allem, weil seine Eltern ebenfalls Igel waren.

Seine Mutter war ein hübscher und sein Vater ein dicker Igel, weshalb aus Ignaz, als er zur Welt kam, eben auch ein Igel wurde.

Obwohl: Ignaz war eine *andere* Art *Igel*. Dass er nicht so hübsch wie seine Mutter und nicht so dick wie sein Vater war, lag zunächst einmal daran, dass er noch klein war. Um dick oder hübsch zu werden, braucht es nämlich meist ein wenig Zeit. Ignaz aber war anders. Sogar anders anders als andere andere Igel. Weil er nämlich keine Stacheln hatte, was ungewöhnlich war. Schon, weil ein Igel ohne Stacheln gar nicht so leicht als Igel zu erkennen ist und auf den ersten Blick sogar uniglig wirkt.

Uniglig. Ein seltsames Wort.

Beinahe so seltsam wie ein Igel ohne Stacheln. Und genau das dachten auch die anderen Tiere, als Ignaz irgendwann seine ersten Waldspaziergänge unternahm.

„Was bist denn du?“, wollte der Fuchs wissen, der so etwas wie Ignaz noch nie gesehen hatte.

„Ich bin ein Igel“, sagte der. Und der Fuchs staunte. Dazu muss man sagen, dass er schon den ein oder anderen Igel zu fressen versucht hatte. Aufgrund der Stacheln aber immer ohne Erfolg.

„Aber wo sind denn dann deine Stacheln?“, fragte der Fuchs sichtlich verwundert.

„Keine Ahnung. Ich bin unbestachelt. Schon immer gewesen.“

„Und du bist sicher, dass du ein Igel bist?", fragte der Fuchs, der schon gern gewusst hätte, wie ein Igel schmeckt. Wobei er sich jedoch nicht sicher schien, ob Ignaz wirklich einer war. So ganz ohne Stacheln hätte er schließlich auch ein sprechender rosa Tennisball mit Beinen sein können, den der Fuchs wiederum nur sehr ungern gefressen hätte. Was er Ignaz auch sagte.

Der aber meinte, er wäre schon sicher, ein Igel zu sein.

Obwohl der Fuchs es auch für möglich hielt, dass der Tennisball ihn anlog. Was zumindest dazu führte, dass er Ignaz nicht zu fressen versuchte, und der abends wieder unversehrt zuhause ankam.

Als er seinen Eltern von dem Vorfall erzählte, waren die ganz aufgeregt. Weil sich noch nie ein Igel mit einem Fuchs unterhalten hatte.

Dass ihr Sohn keine Stacheln hatte, war für sie kein Problem. Weil Eltern ihre Kinder nämlich immer lieben, egal wie sie aussehen.

Und weil er ihn liebte, brachte sein Vater Ignaz auch das Käferschubsen bei, das bei den Igeln ein beliebtes Gesellschaftsspiel ist, aber eigentlich nur zu dritt richtig Spaß macht.

Am nächsten Tag traf Ignaz im Wald dann den Hasen. Und obwohl der Hase noch nie darüber nachgedacht hatte, einen Igel zu fressen, schaute er ihn auch ein wenig verwundert an.

„Was bist denn du?", wollte der Hase wissen.

„Ich bin ein Igel.", antwortete Ignaz.

„Echt?"

„Echt."

„Aber dir ist schon aufgefallen, dass die anderen Igel Stacheln haben, oder?"

„Ich nicht."

„Hm. Und du bist sicher, dass du nicht vielleicht ein Knubbeldingsi oder so was bist?"

Ein Knubbeldingsi wollte Ignaz auf keinen Fall sein. Das war auch nicht besser als ein rosa Tennisball. Darum streckte er dem Hasen die Zunge raus, stampfte wütend mit dem Fuß auf und ging zurück nach Hause.

Unten am Fluss traf er kurz darauf den Frosch, der ihn mit großen Augen anblickte. Und missmutig murmelte Ignaz:

„Ja, ja, erzähl mir nur, dass ich kein Igel, nicht iglig genug und irgendein komisches Wasweißich bin."

„Warum?“, fragte der Frosch.

„Na, weil das alle tun.“

„Ich bin nicht alle“, sagte der Frosch. „Und wäre eigentlich auch gern ein Igel.“

„Ein grüner Igel? So ein Unsinn ...“, murmelte Ignaz, tippte sich an den Kopf und trottete, ohne einen weiteren Gedanken an den seltsamen Frosch zu verschwenden, nach Hause.

Daheim erzählte er seinen Eltern dann von dem Gespräch mit dem Hasen. Und obwohl sie ihn liebten, wie er war, merkten sie doch, dass es Ignaz traurig machte, wenn die anderen ihm nicht glaubten. Weil er weder für einen rosa Tennisball noch ein Knubbeldingsi gehalten werden wollte. Da half es auch nicht, dass seine Eltern ihn liebten oder ihm erzählten, dass er etwas ganz Besonderes sei. Denn Ignaz hatte keine Lust, etwas Besonderes zu sein. Iglig hätte ihm schon gereicht.

Nachdem die Enten ihn für einen Kurzbeinzwergolm und ein Wiesel ihn für einen Stummelbumpf gehalten und ihm nicht geglaubt hatten, dass er ein Igel war, hatte Ignaz abends zuhause geweint.

Das hatte seine Eltern so traurig gemacht, dass sie sich etwas einfallen lassen mussten. Weil Eltern es gar nicht mögen, wenn ihre Kinder traurig sind. Und da erinnerte sein Vater sich an etwas: dass nämlich älteren Igeln manchmal die Stacheln ausfielen, die meisten aber so eitel waren, dass sie nicht wollten, dass jemand das bemerkte. Und dass reiche Igel sich auch gern mal Wechselstacheln zulegten. Oder Sonntagsstacheln. Sportstacheln. Und die mussten diese Igel ja irgendwo herbekommen. Also ging sein Vater am nächsten Tag hinaus in den Wald und machte sich auf die Suche nach ein paar Stacheln für seinen Sohn, damit der sich nicht immer irgendwelche Sachen anhören musste.

Im Wald hörte er die Tiere vom Stummelbumpf, Kurz-beinzwergolm, Knubbeldingsi und dem sprechenden Tennisball erzählen. Er ahnte, wie Ignaz sich fühlte, wenn die anderen so etwas sagten. Deshalb fragte er hier und da, fragte Iglige und weniger Iglige und versuchte herauszufinden, wo er ein paar hübsche Stacheln kriegen konnte. Und am Abend schließlich traf er einen alten, glatzbuckligen Igel, der es ihm verriet. Der wusste es, weil er selbst schon seit Jahren kaum noch Stacheln hatte und sich, um jünger auszusehen und weil er ein kleines bisschen eitel war, immer mal wieder ein paar neue gönnte.

W. IGELSEN

„Die gibt's aber natürlich nicht umsonst", murmelte der alte Igel. „Für einen ganzen Satz Stacheln muss man schon ein bisschen was hinlegen. Zwei, drei Äpfel und dazu'n paar Nüsse oder Trauben. Je nachdem, was gerade Saison hat."

„Und wem gibt man die?", fragte Ignaz' Vater neugierig.

„Na, den Ratten oben am Hügel am Waldrand, beim Fluss hinter den Büschen. Die leben da in einer Höhle und züchten Igelbäume."

„Igelbäume?"

„Wenn ich's dir doch sage."

„Vielleicht sollte ich wirklich mal vorbeischauen ..."

„Tu das, aber nimm ein wenig Obst mit. Sie mögen es nämlich gar nicht, wenn man ohne was kommt und ihre Zeit verschwendet ..."

Als Ignaz' Vater abends heimkam, war auch er unterwegs dem seltsamen Frosch begegnet, hatte aber vor allem darüber nachgedacht, wo er ein paar Äpfel herbekommen konnte, um sie gegen ein paar Stacheln für seinen Sohn zu tauschen. Das würde gewiss nicht leicht werden. Darum wollte er, bevor er nicht wusste, wie genau er das anstellen wollte, weder seiner Frau noch seinem Sohn davon erzählen. Aber zumindest wusste er, *wo* er die Stacheln herbekommen konnte.

Am nächsten Morgen musste Ignaz wieder zur Schule. Kleine Igel müssen nämlich auch zur Schule. Dort lernen sie zusammen mit anderen Igeln, wie man sich so durch die Welt igelt.

Ignaz ging nicht wirklich gern in die Schule. Schon weil ihn die anderen manchmal seiner fehlenden Stacheln wegen foppten. Die hatten nämlich alle welche. Aber dafür hatte sein Tornister zumindest keine Löcher.

Ignaz fand es auch doof, dass in der Pause niemand Käferschubsen mit ihm spielte. Und allein machte das überhaupt keinen Spaß. Aber Ignaz war den anderen wohl nicht iglig genug.

An diesem Morgen jedoch war alles anders. Heute ärgerte ihn niemand.

der Fuchs
ist doof.

Was vor allem daran lag, dass die anderen jemand Neuen zum Ärgern gefunden hatten: Inga. Eine Mitschülerin, die gerade erst mit ihren Eltern von der Streuobstwiese in den Hinterwald gezogen war und die vor Kurzem einen kleinen Unfall gehabt hatte.

Irgendein Mensch hatte, weil die manchmal so etwas machen, seinen Müll im Wald abgeladen. Da war dann auch so ein Eimer mit blauer Farbe gewesen. Der hatte offen im Unterholz rumgestanden und Inga war versehentlich hineingefallen. Weshalb sie jetzt eben blau war. Komplett. Von oben bis unten. Von den Stachelspitzen bis zum Bauchnabel.

Natürlich hatte sie versucht, die Farbe abzuwaschen, aber vom Farbeimer zum Fluss war es so weit gewesen, dass die Farbe längst getrocknet war.

Und darum war Inga jetzt schon drei Tage komplett *blau*. Ein ungünstiger Zeitpunkt, um in eine neue Klasse zu kommen. Seil man dort natürlich über sie lachte. So ein blauer Igel war ja auch komisch. Wobei pink wahrscheinlich noch schlimmer gewesen wäre.

So saß Inga nun jedenfalls da, zwei Bänke hinter Ignaz, ertrug genervt das Getuschel und Gekicher ihrer nichtblauen Mitigel und Ignaz fand das gar nicht mal so schlecht. Weil er, wenn sie über jemand anders lachten, zumindest ein wenig Ruhe hatte. Auch wenn ihm die blaue Inga schon ein wenig leidtat.

In der Pause, als beide dann ihre von zuhause mitgebrachten Pausenregenwürmer schlürften, setzte er sich zu ihr.

„Du bist schon'n bisschen uniglig", sagte Ignaz mit vollen Backen.

Inga zögerte kurz und schaute ihn verwundert an.

„Na, aber du doch auch."

„Stimmt wohl.", sagte Ignaz nickend. „Aber was genau ist eigentlich iglig?"

„Hm ...", grübelte Inga. „Vermutlich genau das, was zwischen blaue und keine Stacheln liegt."

„Obwohl uniglig sein ja auch Vorteile hat."

„Meinste?"

„Na klar! Ich zum Beispiel brauch nicht so schnell 'n neuen Tornister. Und du wirst nicht so schnell überfahren."

„Cool. Stimmt."

„Wenn man keine Stacheln hat, kann man die auch nicht verlieren. Und wenn man blau ist, ist man zumindest nicht pink. Meckern kann jeder. Man muss halt immer das Beste draus machen."

„Wo haste das denn her?"

„Da bin ich selbst drauf gekommen. Aber erst nachdem es mir irgendwann zu blöd war, wegen der Stacheln immer traurig oder wütend zu sein."

„Oh ja, das kenn ich. Macht müde, immer zu heulen und zu schimpfen."

„Aber so was von."

„Wollen wir Käferschubsen spielen? Das macht zu zweit mehr Spaß als allein!"

„Gern!"

Als Ignaz und Inga nach der Igelschule dann zusammen nach Hause gingen, schauten die anderen Igel ihnen verwundert nach.

Bald darauf begegneten beide dem seltsamen Frosch, der ihnen nachrief, dass es, wenn es denn schon *blaue*

Igel gab, es durchaus auch einen *grünen* geben könne. Bei dem es auch keine Rolle spielen würde, wenn er ein bisschen froschiger als andere war!

„Hör nicht auf ihn", sagte Ignaz. „Der ist ein bisschen seltsam."

„Ein bisschen?", fragte Inga und hob ihre blaue Braue. „Wenn du mich fragst, ist der schon besonders seltsam."

„Kann schon sein. So ein Frosch ist ja noch unigliger als wir. Der kann doch gar kein Igel sein."

„Höchstens ein Friegel.", schlug Inga kichernd vor.

„Oder ein Isch.", sagte Ignaz lachend.

Dann setzten die beiden ihren Weg fort und beachteten den Frosch nicht weiter.

Daheim angekommen stellte Ignaz Inga seiner Mutter vor. Die wunderte sich zwar ein wenig über die Farbe, meinte dann aber, dass blau zumindest besser als pink sei und dann aßen sie zusammen Mittag. Regenwürmer. Ignaz wunderte sich, dass sein Vater nicht mit am Tisch saß. Der aber war draußen im Wald und sammelte Nüsse und Früchte für die Ratten, um seinem Sohn ein paar Stacheln zu kaufen.

Nach dem Essen spielten Inga und Ignaz, bis sie heimmusste, noch ein wenig Käferschubsen.

Später dann fragte Ignaz' Vater seinen Sohn, ob er nicht Lust auf einen Spaziergang hätte. Dabei wunderte Ignaz sich zwar über den großen Sack, den sein Vater mitschleppte, stellte aber keine Fragen.

Zusammen stapften die beiden durch den Wald und erreichten irgendwann die Höhle oben am Hügel beim Fluss hinter den Büschen beim Waldrand.

StACHeL INC.

Dort standen zwei dicke Türsteherratten, die den Eingang bewachten und die beiden Igel mit finsterem Blick musterten.

„Was wollt ihr denn hier?", blaffte eine der beiden sie an.

„Ich … ich würde gern ein paar Stacheln für meinen Sohn kaufen."

„Hm, kannst du die denn auch bezahlen?"

„Also, ich hätte zwei Äpfel, fünf Nüsse und ein Dutzend Rosinen."

„Ah, du willst ein paar von den günstigen", murmelte die Ratte.

Ignaz war währenddessen ganz still. Die beiden wirkten, als ob sie keinen Spaß verstanden.

„Wir … wir wollten erst mal schauen, was es so gibt.", meinte Ignaz' Vater.

„Soso, na, dann mal rein in die gute Stube."

Mit diesen Worten öffnete eine der Ratten die schwere Tür und Ignaz und sein Vater tapsten hindurch.

Im unruhigen Licht Dutzender Fackeln fanden sie sich im nächsten Moment in einer Höhle, die sie staunen ließ: Zwischen dünnen, verwachsenen Wurzeln, die aus der Decke und den Wänden ragten und sich durch den ganzen Raum wanden, standen, einer neben dem anderen, ordentlich aufgereiht aus dem dunklen Waldboden wachsend: Igelbäume. Zig viele Dutzende. Voller Stacheln in verschiedenen Größen und Stärken. Kurze Stacheln, lange Stacheln, dicke, dünne, krumme und gerade. Und zwischen ihnen liefen geschäftige Ratten mit kleinen Wägelchen umher, die die Stacheln von den knubbeligen Igelbäumen pflückten.

Ignaz, der sich, scheu wie er war, hinter seinem Vater versteckt hatte, hatte noch gar nicht fertig gestaunt, da kam auch schon eine der Ratten, die ein bisschen wie eine Chefratte aussah, auf sie zu und sprach seinen Vater an.

„Was kann ich für Sie tun?"

„Ich bräuchte ein paar Stacheln für einen minderjährigen Igel."

„Geht es um Ersatzstacheln oder ein ganzes Komplettset?"

In diesem Moment trat Ignaz verlegen und unbestachelt wie er war hinter seinem Vater hervor.

„Oh. Ich verstehe", sagte die Ratte nickend. „Und welche Preisklasse? Etwas zwischen einem und zwei oder eher zwischen drei und vier Äpfeln? Oder womöglich gar etwas zwischen Kekse und Bratwurst?"

Sein Vater, der nur zwei Äpfel hatte, fragte sich, wie irgendein Igel hier im Wald an eine Bratwurst rankommen sollte. Unterdessen führte die Ratte die beiden in die Abteilung für Sparstacheln und reduzierte Ware, wo die Igelbäume deutlich jämmerlicher aussahen.

Ignaz' Vater schaute abwartend auf seinen Sohn, der noch gar nicht ganz begriffen hatte, worum es hier eigentlich ging.

Darum klärte sein Vater ihn noch einmal auf.

„Du kannst dir hier jetzt ein Paar Stacheln aussuchen. Für dich. Und die Igligkeit."

Nachdenklich kratzte Ignaz sich am Kinn, dachte dabei an seine neue Freundin Inga und fragte vorsichtig:

„Haben Sie vielleicht auch was in Blau?"

Die Ratte, die ihn offenbar für verrückt hielt, blickte seinen Vater verwirrt an.

„Das … das wäre jetzt aber eine Sonderanfertigung. Eine besondere Sonderanfertigung sogar. Da müssten wir eine unserer Topdesignerratten dransetzen und das würde dann natürlich um einiges teurer werden."

Ignaz' Vater aber winkte ab und Ignaz staunte, was für eine coole Freundin er hatte. Besondere Sonderanfertigung... Und dann schaute er, was die Sparstachelabteilung sonst noch so zu bieten hatte.

Später, als Familie Igel wieder vereint und Ignaz mit seinem Igelbaum schon einige Zeit auf seinem Zimmer verschwunden war, wurden seine Eltern irgendwann ungeduldig.

Neugierig klopfte sein Vater an Ignaz' Tür.

„Und? Bist du schon fertig?", fragte er.

„Wie sehen sie denn aus?", wollte seine Mutter wissen.

„Moment noch!", rief Ignaz, sodass seine Eltern noch etwas länger warten mussten und dabei noch neugieriger wurden.

Aber irgendwann war es schließlich so weit.

„Ihr könnt reinkommen!", rief er und Mutter und Vater sprangen in sein Zimmer. In dem es allerdings vollkommen dunkel war. Weil ihr Sohn nämlich die Kerze ausgeblasen hatte. Kaum, dass seine Eltern reingepoltert kamen, sagte er:

„Also, ich hab ein bisschen nachgedacht. Das mit den Stacheln ist ja schon 'ne tolle Idee. Und ich find das auch voll nett von euch. Aber ich hab mir halt gedacht: Ich bin bis jetzt ja auch ohne klargekommen, also brauch ich die ja vielleicht gar nicht. Auch wenn andere mich vielleicht uniglig finden. Aber die finden ja auch die Inga uniglig, obwohl die eine superteure besondere Sonderanfertigung trägt. Und darum hab ich mir, was den Igelbaum angeht, was überlegt."

In diesem Moment zündete Ignaz eine Kerze an und seine Eltern sahen, was er meinte: Neben seinem Bett stand er, *der Igelbaum.* Stachelig und genau so ungepflückt, wie er ein paar Stunden zuvor in der Höhle gewesen war.

„Ich behalte ihn. So igelbaumig wie er ist."

„Aber ... aber deine Stacheln", stotterte sein Vater.

„Na ja, ich hab ja welche. Neben meinem Bett, am Baum. Den ich halt manchmal gießen muss."

„Na, wenn du meinst ...", sagte seine Mutter, der es noch immer völlig egal war, ob ihr Sohn Stacheln hatte, solange er nur glücklich war.

Und das war Ignaz. Sehr sogar. Nicht nur, weil er einen Igelbaum neben seinem Bett, sondern auch weil er eine Freundin hatte, die Stacheln hatte wie niemand sonst hatte. Eine Freundin, die auf andere Art ebenso besonders wie er selber war. Nicht bloß iglig, sondern besonders!

Die
IGELS

„Besondere Sonderanfertigung? Krass!", murmel-te Inga, als Ignaz ihr am nächsten Morgen auf dem Schulweg von der Höhle, den Ratten und den Igelbäumen erzählte.

Zufrieden trotteten die beiden durch den Wald und kamen dabei zum Schluss, dass *beliebt sein* vielleicht gar nicht so wichtig war wie *besonders sein.*

Und als sie unten am Bach wieder dem Frosch begegneten, da nahmen sie ihn in ihre Mitte und erklärten ihn – iglig hin oder her – zum *Ehrenigel.*

Weil ja besonders seltsam auch besonders war.

Weil man, bevor man mit ihm nicht zumindest ein paar Käfer geschubst hatte, niemals wissen konnte, wie iglig jemand wirklich war.

Und genau darum schwänzten Ignaz und Inga an jenem Tag die Schule, um zusammen mit dem Frosch Käfer zu schubsen.

Weil das zu dritt am meisten Spaß machte.

ENDE

AUTOREN

Christian von Aster

ist im weitesten Sinne ein dickes Tierchen mit kleinen Öhrchen und Bauchnabel. Und einem Stift. Und einer Reihe Notizbücher. Sowie Ideentourette und einem Haufen famoser Leute, die ihm helfen, das in Bücher zu fassen.

www.instagram.com/vonaster

Sabine Klotzsche

ist anders als die anderen Kinder. Sie liebt dicke Tierchen mit kleinen Öhrchen und Bauchnabel. Und die zeichnet sie unter dem Namen Eulenfrollein. Das tut sie jetzt in Köln. Und ziemlich gerne. Und vermutlich auch noch länger.

www.instagram.com/eulenfrollein